LA CHARTE,

LE GRAND LIVRE

ET LES MAJORATS.

LA CHARTE,
LE GRAND LIVRE

ET

LES MAJORATS,

OU

Réflexions sur un Opuscule de M. le Comte LANJUINAIS, *Pair de France, et sur une Pétition de M. le chevalier* SALEL.

Par M. le Lieutenant-général, Baron MARANSIN.

Est modus in rebus, sunt certi denique fines
Quos ultrà citràque nequit consistere RECTUM.
HOR.

A PARIS.

Chez Delaunay, au Palais-Royal; Debray, quai de l'Ecole, n°. 26, et les Marchands de nouveautés.

1819.

LA CHARTE,

LE GRAND LIVRE

ET

LES MAJORATS.

Je venais de lire la pétition présentée à la chambre
des députés par M. le chevalier Salel, colonel
d'état-major, au nom d'environ quinze cents donataires de dotations, qualifiées *majorats* ; elle me
paraissait forte de principes, de raison et de justice : je me complaisais à voir bientôt réintégrés
dans leur honorable propriété ces milliers de braves
qui, après avoir obtenu une douce aisance dans
une récompense nationale, se trouvèrent tout-à-
coup exposés aux plus dures privations, par la
perte de leurs revenus tarifés sur le nombre de
leurs blessures.

Je sentis, l'instant d'après, ma confiance s'af-
faiblir, à la lecture d'un opuscule de M. le comte
Lanjuinais, ayant pour titre : *La Charte, la liste*

civile et les majorats, contenant l'opinion de ce pair de France sur la proposition faite aux Chambres, d'un majorat à ériger en faveur de S. Ex. M. le duc de Richelieu; il déclare cette espèce de biens incompatible avec la Charte, dans ses articles 1, 2, 68, 69 et 71.

Plus accoutumé à manier l'épée que la plume, je n'avais pas l'intention de lutter en doctrine contre le noble pair, contre ce savant publiciste dont le nom se rattache à tout ce qu'il y a de patriotique et de national. Abandonnant la question sous le rapport de la forme, j'allais l'examiner au fond, satisfait de voir qu'en cette matière *la forme n'emportait point le fond*, et que la propriété constituant le majorat ne continuerait pas moins d'appartenir au titulaire, quand bien même elle serait dépouillée des prérogatives qui y sont attachées.

Mais la discussion qui s'est élevée dans la chambre des députés sur la proposition d'un majorat à accorder à l'ex-premier ministre, a porté plusieurs membres distingués de la Chambre, à émettre l'opinion que les majorats ne sont pas incompatibles avec la Charte; cette dernière opinion balance celle du noble pair; cette haute question n'est pas encore décidée. Je me bornerai donc à traiter la question sous d'autres rapports.

Toutefois, je ne peux m'empêcher de faire quelques observations sur le paragraphe XV de de l'opuscule de M. le comte de Lanjuinais.

« L'art. 69 de la Charte, y est-il dit, vient » renforcer tout ce que nous y avons dit contre la » légalité actuelle des majorats, d'après les art. 1, » 2, 6, 8, 62 et 71. »

Il nous paraît que ce serait un bien faible renfort aux autres articles, et que, si ceux-ci n'étaient pas plus concluans, la matière serait encore intacte. Quel motif donne le savant publiciste ?

» Cet article 69 est relatif aux militaires aux- » quels Napoléon avait dû prodiguer les majorats. » Il est calqué sur un article corrélatif dans le » projet de constitution du sénat, et qui fut ajouté » après une longue discussion dans l'assemblée des » sénateurs. On y conserve aux militaires *leurs* » *grades, leurs honneurs, leurs pensions,* » mais non leurs majorats, parce qu'ils étaient » depuis cinquante ans, en Europe, jugés incom- » patibles avec l'égalité et la liberté, la moralité, » la prospérité nationale. »

Si nous estimions moins le noble pair, si nous attachions moins d'importance à son opinion, si nous n'en redoutions pas l'influence relativement à la pétition présentée aux Chambres au nom des titulaires de majorats, nous ne relèverions pas les inconvenances que nous trouvons dans ce passage de la petite brochure d'ailleurs si recomandable par les vœux d'un bon citoyen.

Parmi les donataires de majorats, il ne serait pas facile d'en citer un qui ne dût à de longs services, à de nombreuses campagnes, à des blessures dangereuses, la dotation que le chef de l'État lui accordait comme une récompense nationale. Donner à un lieutenant-général un majorat de dix mille francs de revenu, était-ce plus un signe de *prodigalité* que de faire payer 36,000 fr. de traitement à un sénateur ? Pères conscrits, vous n'avez pas couru de grands dangers sur vos chaises curules ; vous passiez quelquefois des mois entiers sans vous réunir ; combien de vous qui, pour ne rien faire, à leur traitement de 36,000 fr. ajoutaient encore la dotation d'une sénatorerie ? En somme, et soit dit sans rancune, ce Napoléon vous prodiguait les honneurs, les richesses et l'oisiveté, tandis qu'il nous prodiguait les fatigues, les blessures, les privations ; qui mérita mieux ce qu'il obtint, le sénateur ou le militaire ? nous laissons cette question à résoudre au noble pair qui nous traite *d'enfants gâtés.* Mais il l'a déjà décidée dans une autre partie de sa brochure, à l'occassion de la principauté de Guastalla ; « Ce fut d'abord, » selon son expression familière, par *un petit* » *bout de loi,* puis par l'article 5 presque inaper- » cevable, et long-tems inaperçu, du Sénatus-

» consulte du 14 août 1806 , *enlevé, suivant*
» *l'usage, sans discussion*, sur l'exposé de
» l'orateur et du rapporteur du prince , que ces
» deux grandes innovations politiques, *la no-*
» *blesse héréditaire* et *les majorats*, en ligne
» masculine directe seulement, commencèrent à
» propos de la principauté de Guastalla. » Puisque M. le comte nous apprend avec franchise que
le Sénat *ne discutait pas* les propositions qui
lui étaient présentées , il serait curieux pour l'his-
toire de savoir ce qu'il faisait pour gagner son
traitement, et pour avoir le droit d'accuser le
chef d'alors de *prodigalité* envers ceux qui ne
connurent jamais le repos sous ses ordres.

Mais si le sénat ne discutait pas à cette époque,
M. le comte Lanjuinais nous apprend toujours
bien franchement qu'il s'en dédommagea depuis,
et que ce ne fut « qu'*après une longue discus-*
« *sion dans l'assemblée des sénateurs,* que l'on
» conserva aux militaires leurs grades , leurs hon-
» neurs , leurs pensions , mais non leurs majo-
» rats, etc. » Nous n'avons pas appris qu'il y eût
eu une si longue discussion sur l'article 6, je crois,
du projet de constitution, par lequel cette compa-
gnie s'adjugea la pairie héréditaire, ainsi que la
riche dotation du sénat ; nous sommes même auto-
risés à croire qu'il y eut unanimité dans la déli-
bération, car nous n'avons jamais entendu citer

comme *récalcitrant* aucun de ces Messieurs. Du silence de l'article 69 de la Charte calqué sur un article corrélatif dans le projet de constitution du sénat, faut-il conclure avec le noble pair la suppression des majorats ? je ne le pense pas ; ce serait trop attribuer à une distraction du sénat qui, trop occupé de ses intérêts, s'occupa trop peu des nôtres ; et lorsqu'il rappelle que, par *un petit bout de loi*, le gouvernement d'alors établit les majorats, aurais-je à craindre de paraître trop exigeant si je croyais qu'il aurait fallu un autre *petit bout de loi* pour les supprimer ? Et qu'est-ce qui se gendarme contre les majorats, M. le comte Lanjuinais ? « C'est qu'ils étaient depuis cinquante » ans, en Europe, jugés incompatibles avec l'éga- » lité et la liberté, la moralité, la prospérité na- » tionale. » Mais son titre de comte, n'est-il pas incompatible avec la liberté et l'égalité ? blesse-t-il la morale ? tarit-il les canaux de la prospérité nationale ? mais la pairie que le sénat s'adjugeait héréditairement par ordre de primogéniture, flattait-elle l'égalité et la liberté ? mais la dotation du sénat qui, d'après l'institution héréditaire de la pairie, devait passer aux aînés, épurait-elle la moralité ? comment sur-tout cette détermination enflait-elle alors les voiles de la prospérité nationale ?

Mais, avec un peu d'attention, je m'avise que

le sénat ne se doutait pas que les majorats étaient depuis cinquante ans, en Europe, jugés incompatibles avec l'égalité et la liberté, la moralité et la prospérité nationale ; car, par l'article 6 de son projet de constitution, il *majoratisait* tout bonnement sa dotation ; en instituant la pairie héréditaire par ordre de primogéniture, et en transmettant la dotation à l'aîné, je puis faire l'application du paragraphe 8 de la brochure de M. le comte Lanjuinais : comme il le dit à l'égard des majorats, je puis trouver à l'égard de l'article 6 du projet de constitution du sénat. « 1°. Le privilège
» d'un ordre particulier de succession inégale dans
» les familles, au profit de l'aîné, au préjudice
» de tous les autres héritiers ; 2°. le privilége d'ina-
» liénabilité des biens à l'infini ; 3°. le privilége
» légal et immoral de se jouer toute sa vie de ses
» créanciers, et de les duper en laissant à son aîné
» une fortune qu'il oserait posséder sans rougir ;
» 4°. c'est un privilége onéreux à tous les ci-
» toyens ; car on possède les biens d'un majorat,
» en exemption de tous droits de mutation volon-
» taire et de tous droits d'hypothèques, etc. »

En vérité, à mesure que j'avance dans l'examen de la question, je serais tenté de croire que les majorats existent, qu'ils se concilient avec la Charte, qu'ils sont légitimés par la Charte, par l'art. 27 qui institue la pairie héréditaire, etc. ;

mais encore une fois, laissons aux Chambres cette grande question à décider.

J'ai regret que le noble pair, après avoir déclaré que les majorats accordés aux militaires, n'existent plus, n'ait pas cru devoir ajouter un modificatif sur la propriété et sur les revenus des majorats dont les titulaires se trouvent dépouillés depuis 1814; je sens bien que cela n'entrait pas dans le sujet qu'il traitait, mais j'ai frissonné aussi de ne trouver sous la plume de ce pair patriote qu'une abolition absolue des majorats, pas une pierre d'attente pour la conservation des revenus même *démajoratisés*. Je viens remplir ce devoir envers cette classe nombreuse et si intéressante de la société; j'aurais préféré le silence, j'aurais été reconnaissant envers le publiciste dont le talent aurait dignement traité cette grande matière; tout le monde se tait; je vais essayer d'établir que les majorats existent d'après le droit des gens, d'après le droit public et privé de la France.

Je préviens que, en attendant qu'il soit décidé si les majorats sont compatibles avec la Charte, je n'emploie ce mot dans mon langage que pour désigner la propriété et les revenus des dotations accordées aux militaires, dégagées de tous les priviléges qui pourraient offenser les principes de la monarchie constitutionnelle.

Je ferai encore précéder ma démonstration de

la disti nction des majorats en trois classes, si l'on considère la nature des biens dont ils furent formés.

1°. Les majorats de la première classe reposent sur l'existence d'une inscription de rente perpétuelle sur le Mont-de-Milan , *de douze cents mille francs, acquise à titre onéreux ;*

2°. Ceux de la seconde classe ont pour base *vingt-cinq millions de biens acquis à titre onéreux , dans les départemens du ci-devant empire français ;*

3°. Les majorats de la troisième classe proviennent des biens réservés dans les pays étrangers, par suite des traités de *Lunéville ,* de *Tilsitt ,* de *Presbourg ,* de *Vienne ,* etc.

§. Ier.

Les Majorats sont conservés par le droit des gens.

Première Classe.

Par le traité du 5 avril 1814, conclu entre les puissances alliées et les envoyés du chef du gouvernement d'alors expirant, il fut dit notamment, article 13 : « Toutes les obligations du Mont-de-
» Milan envers tous les créanciers, soit Français,
» soit, etc., seront exactement remplies, sans
» qu'il soit fait aucun changement à cet égard. »

« Art. 20. Les hautes puissances alliées garan-

» tissent l'exécution de tous les articles du pré-
» sent traité, et s'engagent à obtenir qu'il soit
» adopté et garanti par la France. »

DEUXIÈME CLASSE.

L'auteur des majorats avait été assez prévoyant pour consolider son ouvrage, d'autant que les biens composant ces dotations lui appartenaient par droit *de réversibilité*, dans le cas où le titulaire n'avait pas laissé d'enfant mâle naturel ou adoptif. Sachant qu'il ne pouvait pas conserver le pays conquis, et voulant mettre en sûreté les dotations, il les mobilisait pour les transporter en France ; il prit, dans le trésor du domaine de l'extraordinaire, des fonds qu'il remit à l'administration des domaines, pour faire des acquisitions dans le domaine ordinaire de l'Etat ; et c'est sur ces acquisitions qu'il détermina, pour chaque titulaire, les biens qui devaient composer le lot de sa dotation.

Le procès-verbal de la composition de ma dotation contient, après l'énumération des biens, le passage suivant : « Ainsi que lesdits biens se
« poursuivent et se composent, ils appartiennent
« au domaine de Sa Majesté, comme ayant été
« acquis du domaine ordinaire de l'Etat, par le
« traité du 23 décembre 1811, approuvé par dé-
« cret du 26 janvier suivant. »

Les conséquences invincibles qui dérivent de ces procédés sont :

1°. Que les dotations appelées *Majorats*, transportées dans les pays qui firent partie de l'empire français, furent composées des biens acquis à *titre onéreux* par le domaine de l'extraordinaire, sur le domaine de l'Etat;

2°. Que les biens de ces dotations, qui d'abord n'appartinrent qu'au chef de l'Etat, parce qu'il s'en était réservé le domaine, cessèrent de lui appartenir, et devinrent *propriété privée* dès le moment que chaque titulaire en fut investi, à la faveur des acquisitions faites à *titre onéreux ;*

3°. Que les puissances, ne se faisant la guerre qu'entre elles, et respectant les *propriétés privées*, n'ont pu s'emparer des biens composant les majorats, en reprenant les pays concédés par le traité du 30 mai 1814; 1°. parce qu'ils n'appartenaient plus au domaine de l'Etat, dont ils étaient sortis par la vente faite au domaine de l'extraordinaire, c'est-à-dire à titre onéreux. 2°. parce qu'ils n'appartenaient plus au domaine de l'extraordinaire dont ils étaient sortis par les investitures des divers titulaires, et qu'ainsi ils étaient devenus propriété privée.

4°. Que les propriétaires des majorats ne doivent en rien être distingués des acquéreurs des domaines nationaux, acquis à titre onéreux par

des sujets français, hors des anciennes limites de
la France, parce que ces biens furent acquis à
titre onéreux par l'intermédiaire de l'administration des domaines, qui achetait pour eux par
mandat de l'auteur des dotations, qui prenait
dans son domaine le prix de ces *domaines nationaux*.

Aussi ces majorats se trouvent-ils textuellement
maintenus par les articles 27, 16 et 17 du traité
du 30 mars 1814.

« Art. 27. Les domaines nationaux acquis à
» titre onéreux par des sujets français, dans les
» ci-devant départemens de la Belgique, de la
» rive gauche du Rhin et des Alpes, hors des an-
» ciennes limites de la France, sont et demeurent
» garantis aux acquéreurs : Voulant, disent les
» puissances contractantes, mettre et faire mettre
» dans un entier oubli les divisions qui ont agité
» l'Europe. »

« Art. 16. Aucun individu, de quelque classe
» et condition qu'il soit, ne pourra être pour-
» suivi, inquiété ou troublé dans sa personne ou
» dans *sa propriété*, sous aucun prétexte, ou à
» cause de sa conduite ou opinion politique, ou
» de son attachement soit à aucune des parties
» contractantes, soit à des gouvernemens qui ont
» cessé d'exister, etc. »

Le sens de ces expressions ne peut être plus

étendu : Aucun individu, pas même *les donataires de majorats* , de quelque classe et condition qu'il soit, même *les donataires de majorats* , ne pourra être poursuivi, inquiété ou troublé dans sa propriété, même constituée d'un *majorat ;* sous aucun prétexte, même que cette propriété forme un *majorat.* En quels lieux cet article étend-il son influence? *dans les pays restitués et cédés par le présent traité.*

« Art. 17. Il accorde aux habitans naturels et
» étrangers un espace de six ans, à compter de
» l'échange des ratifications, pour disposer, s'ils le
» trouvent convenable, de leurs propriétés ac-
» quises soit avant, soit depuis la guerre actuelle,
» et se retirer dans tel pays qu'il leur plaira de
» choisir. »

A qui est accordé ce droit? aux habitans naturels et étrangers, y compris *les propriétaires de majorats ;* à l'égard de quelles propriétés peut-on exercer ce droit? A l'égard des propriétés acquises, même *à titre de majorat ;* en quel pays peut-on l'exercer? *dans tous les pays* qui doivent ou devront changer de maîtres, tant en vertu du présent traité que des arrangemens qui doivent être faits en conséquence.

En supposant que les Gouvernemens étrangers eussent repris la propriété des biens formant les majorats, encore la justice ne leur permettrait-elle pas de dépouiller les propriétaires de la jouissance légale, et le droit de ces Gouvernemens ne serait que le droit de *reversibilité*, c'est-à-dire, le droit qu'avait le Gouvernement français, et auquel ils se seraient substitués.

Par une ordonnance du 18 septembre 1814, postérieure à tous les traités, insérée au trente-huitième Bulletin des lois, n°. 284, le Roi permit au maréchal duc de Tarente, et au maréchal duc de Reggio, de faire telles dispositions qu'ils jugeraient convenables pour les dotations à eux assignées dans le royaume de Naples. Par la même ordonnance, cette faculté fut accordée à tous les autres titulaires des dotations situées dans le même royaume. Le Roi eût-il pu, postérieurement à tous les traités, permettre aux deux maréchaux susmentionnés de transporter en France leurs majorats, s'ils n'avaient plus existé?

TROISIÈME CLASSE.

Il est une troisième classe de majorats qui n'avaient pas une existence déterminée.

Lorsque le chef de l'ancien Gouvernement parvenait en vainqueur dans les Etats des diverses puissances, il déterminait par droit de conquête, légitimé par des traités, des biens qui formaient le *domaine réservé* sur le revenu duquel il assignait des récompenses aux divers fonctionnaires publics qui s'étaient distingués par leur zèle et leurs services. Ce domaine réservé était reconnu par les traités de *Lunéville*, de *Tilsit*, de *Presbourg*, de *Vienne*.

Quoique les biens formant le domaine réservé ne fussent pas distribués, ou du moins assignés par parties aux titulaires des dotations qui étaient acquittées sur ces biens, ils n'en appartenaient pas moins, conformément aux principes des majorats, aux donataires de ces dotations, et les puissances étrangères n'ont pu s'en emparer comme d'un domaine appartenant au chef du Gouvernement, puisqu'il n'avait encore d'autre droit sur ces biens que celui de la *reversibilité*, une fois que la distribution en eût été faite. Les donataires, par cette éviction, se seraient trouvés dépouillés de leur dotation, et il est de principe que les puissances ne font pas la guerre aux propriétés privées.

Aussi ces propriétés ont été garanties aux nouveaux possesseurs, quels qu'ils fussent, dans les provinces réunies à la Bavière, au grand duché de Francfort, de Westphalie, de Hesse-d'Armstadt, de Neubourg, de Berg, Erfurth, Bayreuth, le grand duché de Varsovie, la Gallicie, l'Illyrie, etc.; les souverains de la Bavière, du grand duché de Francfort et de Westphalie ont racheté, non seulement les arrérages, mais eneore les capitaux , dont les fonds et les valeurs donnés en paiement ont été versés dans la caisse du trésor français.

§ II.

Les majorats sont conservés par le droit public et privé de la France.

« Art. 9, de la Charte. Toutes les propriétés
» sont inviolables , sans aucune exception de celles
» qu'on appelle *nationales* , la loi ne mettant
» aucune différence entr'elles. »

« Art. 10. L'État peut exiger le sacrifice d'une
» propriété, pour cause d'intérêt public légale-
» ment constaté , mais avec une indemnité préa-
» lable. »

« Art. 545 du code civil. Nul ne peut être
» contraint de céder sa propriété, si ce n'est pour
» cause d'utilité publique , et moyennant une
» juste et préalable indemnité. »

Le domaine public n'est pas moins intéressé que les titulaires particuliers à la conservation de ces majorats ; premièrement, parce que à l'extinction de chaque donataire, il exerce le droit de *réversi-bilité* ; secondement, parce qu'il devrait l'indem-nité juste et préalable prescrite par la loi , dans le cas où le Gouvernement ne ferait pas respecter au-dehors ces propriétés, ou sur-tout dans le cas où il aurait jugé nécessaire de les abandonner aux puissances étrangères, moyennant un équivalent quelconque, dans le cas enfin où il aurait cru, dans les circonstances difficiles où la France s'est trouvée, ce sacrifice nécessaire à la paix et au rapprochement de la nation avec le dehors.

CONCLUSION.

Puisque les dotations, sur-tout celles acquises à titre onéreux, sont évidemment respectées par le traité du 30 mai 1814, il conviendrait de faire jouir les titulaires de leurs droits; quand la nation française a héroïquement exécuté tous les traités par les sacrifices et les privations de toute espèce, les gouvernemens étrangers ne peuvent se dispenser de les exécuter de leur côté. Il eût été convenable de faire entre les gouvernemens un objet de compensation de ce que les puissances pouvaient devoir aux donataires, en arrérages et valeur de la propriété, avec les paiemens qui leur étaient dus au nom de la France.

Le Gouvernement français ne peut du moins qu'intervenir aujourd'hui, autant dans son intérêt que dans celui des donataires; il doit nécessairement négocier auprès des puissances étrangères pour obtenir la restitution de tous les arrérages, et l'autorisation pour les donataires d'aliéner le fonds des dotations et d'en transporter le produit en France.

Dans le cas où les gouvernemens étrangers, ce qui ne peut se supposer presque sans outrage pour leur justice, refuseraient dans leur prospérité d'exécuter le traité que la nation française a religieusement et avec résignation rempli dans son adversité, il nous semble que le Gouvernement français devrait aux titulaires des majorats une indemnité du sacrifice de leur propriété à la paix des nations, puisque ce sacrifice profite à la France entière, parce qu'alors ils rentrent dans le vœu de la loi qui n'exige de personne le sacrifice de la propriété sans indemnité préalable.

« Le crédit public gagnera à cette opération, dit dans sa pétition, M. le chevalier Salel, « si le » produit des dotations est converti en inscriptions » sur le grand livre de la dette publique ; cette » conversion produira deux avantages pour l'État, » l'immobilisation d'une masse considérable de » rentes, et leur extinction par la seule force du » droit de *réversibilité*. »

J'ajoute que des milliers de familles retrouveraient une existence acquise au titre le *plus onéreux*, c'est-à-dire, au prix du sang de quelqu'un de leurs enfans.

Sans avoir la prétention d'émettre d'opinion sur la

récompense proposée pour l'ex-premier ministre, et sans manquer à aucune convenance, je crois pouvoir faire un rapprochement qui intéresse la justice du Gouvernement, et le sort d'une classe nombreuse de citoyens qui, depuis six lustres, ont comblé la France d'une gloire que sa Majesté n'a pas dédaignée, en déclarant qu'elle acceptait, comme faits en son nom, les travaux de l'armée française; n'y a-t-il pas plus de justice à conserver les récompenses accordées qu'à en décerner de nouvelles, sur-tout lorsque les premières sont le prix d'une longue continuité de services les plus pénibles et les plus dangereux, tandis que les dernières ne s'attacheraient qu'à un fait qui peut-être serait d'ailleurs devenu nécessaire pour bien des motifs?

Imprimerie de Mme. V^e. Cussac, rue Montmartre, N°. 30.